Yf

811

VERS
POVR LE BALLET
DV ROY,

REPRESENTANT LA FVRIE
DE ROLLAND.

A PARIS,
Par IEAN SARA, rue fainct Iean de Beauuais,
deuant les Efcholles de Decret.

M. DC. XVIII.

VERS

POVR LE BALLET DV ROY,

REPRESENTANT LA FVRIE DE ROLAND.

LA FOLIE.

A LA REYNE.

I'Apperçoy, grande REYNE, *au iugement de tous*
Entrant en voſtre Cour de combien ie m'oublie,
Et ſçay bien que me voir paroiſtre deuant vous
C'eſt voir deuant Pallas paroiſtre la folie.

Nul reſpect toutesfois ne me peut diſpenſer
De monſtrer en ce lieu mon pouuoir & mes geſtes,
Si vos rares vertus ſ'en veullent offençer
Elles ſ'en doyuent prendre à vos beautez celeſtes.

Les rayons de vos yeux plains d'appas Innocens
Regnent ſi puiſſamment ſur vne ame heroique
Que pour la trauailler iuſqu'à perdre le ſens
Amour n'a plus beſoin d'employer Angelique.

A

Aussi possedez-vous de si fameux lauriers,
Que leur bruit espandu sur la terre & sur l'onde
Va porter à vos pieds les plus braues guerriers,
Et le R o y le plus grand qui soit en tout le monde.

ELLE MESME
A L'ASSEMBLEE.

N E prenez point pour vne iniure
    Le pouuoir que i'ay dessus vous :
    Quoy que la Grece se figure,
Ses Sages n'estoient que des Foux.

Si la ceruelle la plus saine
    Se considere auecques soin,
    Elle verra qu'vne neuuaine
Luy fait encores grand besoin.

Mais quelle que soit ma puissance
    I'aurois grand tort de m'en louer :
    Chacun me rend obeïssance,
Et pas vn ne veult l'aduouer.

POVR MONSIEVR DELVYNES
representant Astolfe.

P A R *miracle ie viens du celeste seiour*
    Au secours de Roland, à qui l'excés d'amour

Yan soient par ses champs à horribles tragedies.
Voyez ſi de m'aymer mes amys ont raiſon,
Puis que ma paſſion va de leurs maladies
Iuſques dedans le Ciel chercher la gueriſon.

Pour obliger Roland dont le mal ie reſſens
Puis-ie faire auiourdhuy qu'il recouure le ſens,
Sans faire auecques blaſme vne folie extreme?
I'apporte à mon amy l'eau qui le doit guerir,
Et ie ne penſe pas à me guerir moy-meſme
Du mal dont la rigueur me va faire mourir.

Ceux qui me blaſmeront me blaſmeront à tort,
En l'eſtat où ie ſuis la ſueur de la mort
Eſt l'eau qui peut finir le tourment que i'endure.
Phyllis le veut ainſi, ſi quelque autre liqueur
Auoit cette vertu de la rendre moins dure,
Souuent l'eau de mes pleurs euſt amoly ſon cœur.

POVR LE ROY
repreſentant vn Chaſſeur.

TEL que ces grands Chaſſeurs dont le bras indonté
De monſtres autresfois purgea toute la terre,
Pour aſſeurer le front du peuple eſpouuanté
Aux plus fiers animaux ie viens faire la guerre.

L'orage de mes coups ne tombe point en vain,
En quelque lieu qu'ils ſoient leur bleſſure eſt fatale:

B

Si puiſſant eſt le dard que ie porte en la main
Qu'il atteint de plus loin que le dard de Cephale.

Ta foibleſſe, ô mon dard, en vn poinct ſe faict voir,
C'eſt qu'vn cerf ſ'en deliure auecques le dictame.
Heureux ſi ce dictame auoit meſme pouuoir
Sur la fleſche d'Amour qui m'outreperce l'ame.

Mais certes ie me plains d'vn excés de bon-heur
Me plaignant des beaux yeux dont ie porte les marques:
Les bleſſures qu'ils font, c'eſt le plus grand honneur
Que puiſſent receuoir les Dieux & les Monarques.

POVR MONSIEVR
DE CHALEZ, repreſentant
Angelique.

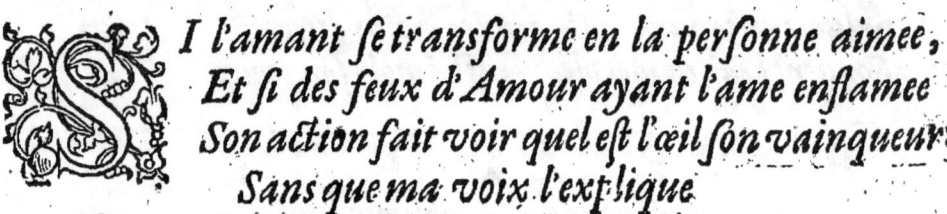

I l'amant ſe transforme en la perſonne aimee,
Et ſi des feux d'Amour ayant l'ame enflamee
Son action fait voir quel eſt l'œil ſon vainqueur;
Sans que ma voix l'explique
Il paroiſt qu'Angelique
Eſt Royne de mon cœur.

Auiourdhuy que l'Amour fait que ie me deſguiſe
En la rare beauté dont mon ame eſt eſpriſe,
Ie ſouhaitte à mes iours, qu'vn accident ſubit
Vienne coupper leur trame,

Ou me donner la Dame
Dont ie porte l'habit.

Sil arriue qu'en fin ses bontez soient si grandes
Que de faire à son cœur accorder mes demandes,
Par ses yeux tout diuins ie iure & luy promets
Que parmy leurs orties
Les filles repenties
Ne la verront iamais.

POVR MONSIEVR DE LIANCOVRT,
representant Rolland le Furieux.

SE R A-*til dict*, qu'vn homme sans courage
Soit mon riual, & face que la rage
Verse en mon cœur vn poison si bruslant?
Destin cruel, à mon bien trop contraire,
Tu peux beaucoup, si ne sçaurois-tu faire
Qu'vn Adonis triomphe de Roland.

Quel deshonneur de perdre la victoire
Contre vn mignon qui n'eut iamais la gloire
De se trouuer au milieu des hazards?
Et bien qu'il eust l'ame toute heroique
Il ne me peut retenir Angelique,
Ie la prendrois entre les mains de Mars.

vous si le fera a vn affetté langage
Ioinct à celuy qu'il porte en son visage
Fait que Medor d'Angelique est vainqueur,
Ce seroit bien m'arrester à l'escorce
Si maintenant ie voulois par la force
Auoir le corps dont vn autre a le cœur.

POVR MONSIEVR LE COMTE
de la ROCHE-GVYON, representant
vn vsurier.

EVREVX ces vieux matelots,
　　Qui ne craignent plus les flots
Ny d'Amour, ny de Neptune,
Et dont l'esprit vigilent
Sans courre aucune fortune
Fait profiter le talent.

Le bien que i'ay sur la mer
Ne me fait point blasphemer
Quand elle s'enfle d'orages :
La risque où ie me suis mis
C'est de prester sur bons gaiges
Aux meilleurs de mes amis.

Mais n'entrez point en soupçon
Que d'vne mesme façon

Tout le monde ie mefure;
Quand ie fers vne beauté
L'Amour fait que mon vfure
Deuient liberalité.

POVR MONSIEVR DE MONPOVILLAN, repreſentant vn Vſurier.

IE teſmoigne en aymant tant de diſcretion,
    I'aime ſi cherement l'obiet pour qui t'endure,
    Qu'à deſſein de pouuoir cacher ma paſſion
I'ay chargé ſur mon dos le manteau de l'vfure.

Ainſi le bruit eſtant ſemé de tout coſté
    Que l'auarice au lieu du plaiſir me ſurmonte,
I'ay beau voir ce que i'ayme en toute liberté
Sans que le meſdiſant en face vn mauuais compte.

Si les cœurs que l'amour engage de tout poinct
    Auoient le ſoin d'aimer d'vne façon diſcrette,
Il eſt vray qu'auiourdhuy les Dames n'auroient point
Pour leurs hiſtoriens Paſquin & la Gazette.

POVR MONSIEVR LE CHEVALIER de VENDOSME, repreſentant vn Berger.

ENCORES que ie ſois vn Berger amoureux,
    Qui né du ſang des Dieux ay le nom d'Alexandre,
Ie ne ſuis pas pourtant ce Berger mal-heureux
De qui l'ardente amour mit ſon païs en cendre.

Mais deuſſé-ie deſplaire à ces trois Déïtez,
  Qui mirent leur querelle au iugement d'vn homme,
  Si le Ciel me nommoit arbitre des beautez,
  Celle qui tient mon cœur auroit auſſi la pomme.

Si iadis ta beauté receut le prix d'honneur,
  Déeſſe qui naſquis de l'eſcume de l'onde,
  N'en ſçaches point de gré ſinon à ton bon-heur,
  La Dame que ie ſers n'eſtoit point lors au monde.

POVR MONSIEVR LE COMTE
de ROCHEFORT, repreſentant
vn Berger.

IEVNES Amans, gentils courages,
  Qui vous conſommez nuict & iour
  Pour des beautez qui ſont volages,
  Venez aux champs faire l'amour :
  Il n'eſt point de Bergere
  Dont l'humeur ſoit legere.

Les Dames ſçauent ſi bien plaire
  Qu'elles vous trompent toſt ou tard ;
  Les Bergeres tout au contraire
  Et naiſſent & viuent ſans fard ;
  Leur ame & leur viſage
  En ignore l'vſage.

L'Empire de toute la terre
  Leur est moins cher qu'vn pauure amant;
  Ainsi que leur haine est de verre,
  Leur amour est de diamant:
    Tant plus elles sont belles,
    Moins leurs cœurs ont des aisles.

POVR MONSIEVR DE BRANTES,
representant vn berger.

PRES auoir passé toute ma vie
  Sans que l'Amour la peust rendre asseruie,
  Ie suis en fin espris d'vne beauté,
    Qui captiuant chacun qui la regarde
Fait que i'ay pris des brebis en ma garde,
  Moy, qui n'ay peu garder ma liberté.

Pauure trouppeau, tu cours grande fortune,
  Car quelque soin qui mon ame importune
  Ie n'ay les yeux que sur l'œil mon vainqueur;
  Et quand i'aurois cent & cent yeux encore,
  Puis-je empescher que le loup te deuore,
  Tandis qu'Amour me deuore le cœur?

Que ce danger toutesfois ne t'estonne,
  Tel est mon sort, que sans cesse il me donne
  Plus de suiet d'apprehender qu'à toy.
  Cet ennemy dont tu crains la furie

Cherche à loger dedans ta bergerie,
Le mien helas ! est logé dedans moy.

Amour, cruel, est entré par la bresche
Qu'ont faict les coups de mainte ardente flesche
Qui m'a percé la poictrine & le flanc.
I'ay beau pleurer, mes pleurs n'ont point de charmes:
Comment pourrois-je esmouuoir par des larmes
Vn ennemy qui se bagne en mon sang ?

POVR MONSIEVR DE BLEINVILLE
representant vn Fol.

EAVTEZ de qui l'esprit plein de perfections
Iette vn œil de mespris dessus mes actions
Pour n'y voir aujourdhuy ny mesure ny regle:
De grace, pardonnez à cet aueuglement
Qui trouble tout à faict l'œil de mon iugement,
Le soleil qui m'aueugle aueugleroit vn aigle.

Pourquoy l'astre qui luit aux hommes paresseux
N'e m'a-til exempté d'estre au nombre de ceux
Qui font à leur repos vne immortelle guerre?
L'amour ne rendroit pas mon cœur ambitieux
De se perdre plustost en s'esleuant aux Cieux
Que de se conseruer en rempant sur la terre.

Qu'on ne m'en parle plus, le sort en est jetté,
Ie veux voller au Ciel d'vne rare beauté,

Quoy

Quoy que le Dieu de Seine vn tombeau me prepare.
Si mon aifle fe brufle au feu de fes appas,
Au moins fûs-je affeuré d'eftre exempt du trefpas,
Car ce n'eft pas mourir de mourir comme Icare.

POVR MONSIEVR D'HVMIERES,
reprefentant vn Fol.

BEAVTEZ *pleines d'appas,*
Ne vous eftonnez pas
De voir que de tout poinct auiourdhuy ie m'oublie,
I'ay trop faict de feiour
Parmy les flots d'Amour,
Pour ne point arriuer au port de la Folie.

Mon efprit tranfporté
Se plainct d'vne beauté
Qui toutes les beautez en cruauté furpaffe.
O Dieux qu'il eft amer
De retourner en mer,
Quand on eft à deux doigts pres du haure de Grace.

Praticquer tous les iours
De nouuelles amours,
C'eft des hommes du temps la plus grande allegreffe.
Quant à moy, qu'à changer
Rien ne peut obliger,
Ie veux perdre le fens en perdant ma Maiftreffe.

D

POVR MONSIEVR
le Baron de PALLVAV, repreſentant
vne Folle.

L' eſt vráy, ie confeſſe, Amour,
Qué pour ioüer quelque bon tour
Il faut aller à ton eſcolle.
La beauté dont ie ſuis eſpris
Eſt en fin cauſe que i'ay pris
Le geſte & l'habit d'vne Folle.

Aux maiſons pleines de rumeur
Ie fais entrer en belle humeur
Les eſprits que i'y trouue mornes.
Sçauez vous lors dequoy ie ris?
C'eſt de voir rire des maris,
A qui ie fay porter les cornes?

Vn chacun de vous ſe deçoit,
S'il s'imagine que ce ſoit
Vn bauolet où ie me frotte.
Les plus releuez de la Cour
Au meſme prix de mon amour
Voudroient bien porter la marotte.

R. BORDIER.